恋の終わりを詠むなら……

久遠 菜々穂
Kuon Nanaho

文芸社

もくじ

お気に入りの場所

恋の終わりを詠むなら……

お気に入りの場所

夢から覚めても

朝の気怠さをお湯で払おう
熱めのお湯を選んで　柑橘のオイルを落とす

頭の上から強く打つシャワーに
夢に見たシーンまでも流したい……

このまま溺れても　私は独りぼっち

浴室の蒸気にまぎれた甘酸っぱいオイルが
隠した棘で私を刺す……

からっぽの土曜日

週末の朝は遅く起きた
はっきりしない天気に気持ちが沈む

身体から眠気を払い　冷蔵庫に見つけたトマトで朝食
温めたオレンジジュースに蜂蜜を入れて
熟れ過ぎたトマトのスライスをお塩で食べた

シネマチックに気取ってみるけど？
結局　自分のためには何もしたくないだけ……

ぐずついた週末の過ごし方に　恋愛小説を選んでみる

繰り返す夜

秋の夜長をどう過ごすのかって？
去年は大好きな本を読んで　夜風を楽しんだわ
今年は素敵な友人とちょっと変わったお喋りを
来年は……誰かの腕に抱かれてるのね
こんな話を　この秋にもまたしてる
次の秋にもきっと　同じ話をするのよ

微熱

誰もいない部屋で目を覚ましたの
自動応答の電話から知らない声が響く
受話器を上げれば　そこから一日が始まるのに

でもそれは嫌だ……

カーテンをあけて　降り続く雨を見て
音のない空間には薄くピアノの曲を入れた

幾つもの回線が混乱してる
頭の中をノイズが支配して遠ざかる意識……
37・4度の嫌な微熱

砂時計

「今年も終わってしまうのね」

久しぶりに聞いた友人の言葉に　私は気付かされた
そう　また一年が過ぎてゆく……

突然　私の中に大きな砂時計が現れて
止まっていた砂が一気に滑り落ちる

私はつもる流砂の果てを見つめるだけ
今年もまた　何もできずに……

カーテンを開けて

穏やかな朝にカーテンを開ける

いつになく明るい日差しが　私とこの部屋を満たした

気付けば　もう　春の日差し
そして　もう　冬の終わり

移り変わるのは　誰にも止められないから……
明日はお部屋の模様替えをしよう

気付いたの

まっすぐに昇っていくエレベーターの中で
私は静かに押しつぶされる

当たりまえのことだから気付かずにいるけど
私は重力に捕らわれた「ただの重さ」

恋の終わりを詠むなら……

気付かれないように

最近　恋をしてる自分が好き……
なんでもない彼の仕種にも「どきどき」する自分が
雨上がりの新しい空気と季節と……恋に
私から伝えたい言葉は「大好き」の一言だけ

……だから

電話で聞くあなたの声にさえ　私は囚われていたいの
意味のない話でも　だからもう少しだけ

いつだって自分からは切れそうにないから
絶対に貴方から切られたくないから

町外れの電話ボックスに100円硬貨を1枚……

え⁉

君の言う
「弄ぶ」の一言に
揺れる想いは　掻き消され……
吾が余韻　募り溢れる……

私と銀貨……

言霊の　消える瞬き　儚めば
吾が言の葉も　耳に届かず
電話なんか　大嫌い

「それだけ」

恋を語った短い時間
何年も一緒に過ごしたのに　話してしまうと一瞬で終わる

「恋なんてそんなもの」
友人の言葉に　わたしは頷《うなず》くだけ……
結局　それだけで話し尽くせる程度のもの……

「それだけ」で終わらせた恋……

まだ新しいカサブタ

ようやく脱力感から解放された……

遅く起きた月曜日は冷たい雨
昨日までの私はもう引きずらないけど

まるでその雨音は
「あの人」への想いを叫ぶ　声にならない悲鳴のよう……

これでお別れなのと　雨滴が私に刺さる

とらわれて

月のない夜が好き　音のない夜が……
星々の煌めきさえ　今は耳障りな騒音
揺れる気持ちにつたい落ちる涙だって
私のなにも語れないのだから……

夜風の中にあるもう一人の私が
色のない　匂いのない　人形のような瞳で私に問い掛ける
「影を引くから寂しいのでしょ?」

月明りさえも　私を縛りつけるよ……

破れたメモ

小鳥が飛ぶのをぼんやり眺めてる
電線からあてのない空へ……

まるで私の言葉のように
ただ高く遠くへ飛んでいくのを……
もし飛ぶことに疲れて落っこちたら
誰か私の言葉を拾ってくれる？
飽きたら……捨てていいから

スナップショット

両手の親指と人差し指でつくる「フレーム」
西に日が傾く夏の浜辺で　シネマのような二人の影
波打ち際にぼんやりのシルエットが
中途半端な距離をあけて歩く
一歩近づけば「はじまり」
一歩離れれば「さよなら」
私のフレームにある　不安定な気持ち……

呼吸　1/2

まるで空気のようなものね
いつも私を包みこみながら
目に見えない　何も感じない
失くしてみてから初めて気付いたの
痛みに怯えて　息苦しさにもがいて
不規則な鼓動にあふれた涙
呼吸　1/2　の不安

安心しないで

「いつの間にか9月になったよ」

久しぶりに聞く声

「飲みに行かないか？」

救い難いほど無邪気に

「どうしてた？　俺は忙しくて時間がなかった　気付いたら9月だよ」

「そう……私は相変わらずだった　気付いたら恋が終わってただけ」

私の恋は保険じゃないの　自動更新できません

雨に消える伝言

私が何かを伝えようとするときは
なんだか決まって雨が降るような気がする

街を歩く私の前から　すべての色を奪いながら
耳に残る二人の吐息も　今は何もないただの霞

――雨音――

身体から消えるあの人との匂い……
安っぽいボディーソープの　粗悪な薔薇《ばら》の異臭

水溜りに広がる波紋さえ　私の叫びを拒む
誰にも届かないのなら　私に言葉はいらない……

氷を溶かすように

それが貴方を選んだ理由なの……
誰にも邪魔されずに独りでいたいと望んだのに
貴方がそんなことを訊くから　また……
ねぇ？　私の質問にも答えてくれる？
「私はいつになったら　その優しさから解放されるのかしら……」
氷のように冷たい貴方の優しさ
私の中でゆっくり溶かしてみる……

午前10時の憂鬱

何もない記憶から始まる一日
一枚のトーストと蜂蜜バター
ストレートのアールグレイと……
見慣れない男の寝息……

「終わりからまた始めればいいの」

友人の言葉が　不快な頭痛の中を過る
噛合せの悪い台詞《せりふ》とただ甘ったるい朝食
そんなに強くないから抱かれてみたのかな……

「ねぇ黙って出て行ってね……何も言わないでね……」

言い逃れの夜をまた

震える唇に紅を差す

甘ったるい匂いが部屋を満たして
「今夜は誰を誘うの?」
鏡の中で　私が呆《あき》れたように呟《つぶや》く

――貴女にはわからないのよ!　――

大嫌いな真紅の唇
大嫌いな匂い

私は……シャンパンに添えられる苺のようなもの
ドライ・ジンに搾《しぼ》られたフレーバード・ライム……

思い出にしたくない

忘れてたの……私にもそんな時間があったなんてこと
できれば思い出したくなかった
嫌な夢……繰り返し見る　繰返し　くりかえし……

もういい加減にして！

そんなふうに怒鳴っても　結局　私が忘れてないだけ

貴方がいけないのよ……どんな恋をしても
私は貴方が一番好きなの……

勝手に風になって……いつも私を包む貴方が……
どうして？　貴方だけ風化しないのかな

いじわる

目が覚めると　部屋には私だけ
誰の声も気配もない　私一色の見慣れた部屋
夢の中でいっぱい話して　いっぱい笑って
何もかも二人で過ぎていったのに……
突然　あなたの輪郭と距離が薄れていく
また夜になって　夢を見て　朝がくる
私は　何も悪いことなんてしてないのに

強がって

何もかも忘れられるなら
私は一番に貴方のことを忘れたい

貴方の優しい言葉を
貴方の穏やかな微笑みを
貴方が嘘をつく時の癖を
貴方が云った「さよなら」を

次に忘れたいのは「わたし」そのもの……

桜も散る頃

春の風を感じてみた
窓にかけた　薄いカーテンを越えて届く
誰かを探している優しい風

少し元気になった日の光
いつの間にかの緑の映え

何もせずに　ただ塞《ふさ》ぎ込んでいたのは
私の気持ちと　テーブルの写真……

桜が散るのを　窓から眺めた

思い出へ

愛してるって言ってください
窒息するほど抱きしめてほしい

朝　私が最初に気付くのは
あなたの寝息と心臓の鼓動……
混ざりあった体温と慣れない匂い

スタンドから写真を外して小さな箱に仕舞い込む
クローゼットの一番奥に隠した　小さな痛み

口紅は新しい色を選ぶ
香りは嫌味のない甘さを

趣味を変えてみる
私の季節が移る……

二日目の朝

ナイフで斬り付けられたような痛み
流れ出す大量の思い出と　全身の力を奪い去る悲鳴
ぎりぎりの意識の中に留めた自分があなたを求める

いつも私を守ってくれたから……
いつも私を癒してくれたから……

この傷は残ってほしい　痛みもそのまま　永遠に

鉛のように重くなった思考でまで
私はあなたに甘えてるのね……

日曜の午後

不自然に感じるほど　やわらかく優しい曲を選ぶ
不自然な通り雨を眺めて　日曜の午後は独り

壁に掛けたお気に入りの油絵
テーブルに置いたオレンジの香る紅茶

青空と白い雲が降らせる　奇妙に熱のある雨
よく通る澄んだ声が歌う　微妙に熱の引く恋

不快な湿度が　嫌味なほど私に絡む
不自然な体温と　想いを弄ぶ私を責めながら……

できの悪い慰め

何もかもが粉々に砕け散った
笑顔も　想いも　……言葉も

突然　貴方の声で届いた「さよなら」

全身に溶け出す不安に怯えて……
秒針の刻みさえ　鼓膜を突破りそうな夜を数えた

知らない誰かの中に逃げ込み　意味を持たない言葉に酔いながら
私は「わたし」に嘘をつくの

趣味じゃないリズムで軋むベッドの上で
できの悪い慰めにしがみついて……

嫌がらせ

何も言わずに　私をベッドへ誘って……
何も訊かずに　私を抱いて……

肌触りの悪いシーツと　居心地の悪い情事
マグカップで飲む無理やりのダーク・ラムは
気付かれないための媚薬ね……

曖昧な嫌がらせも　貴方のためなの

それも私なの

幾つかの夜をそうやって過ごしたのね
誰に抱かれたのかなんて覚えてないけど
それさえ　私を責める人はいなかったから
私はその人たちに甘えたのかもしれない

その瞬間に　言葉は何の意味も持たず
気持ちは私の中で　意識と一緒に薄れるの

そうね　目を閉じずにはいられないのよ
そんな夜と　そんなベッドでは……

耳障りな息遣い　雑ざりあった不快な想い　呆れるほどの卑鳴
どうしてこんな事覚えてるのかな……

隠し事ひとつ……

私を詠むなら

雨音に　夢の虚《うつ》ろも　褪《さ》めおりて
午前十時は　独りで起きる

静かだね　ぼんやり過ごす　梅雨の雨
「静か」じゃないの　淋しいだけよ

泣き飽きた　雲の隙間の　ムラサキに
オレンジの映え　未練たらたら

サンセット　名前のままに　鮮やかな
オレンジ沈む　カクテル選ぶ

鼻につく　慣れてしまった　移り香は
嫌味なほどに「わたし」そのもの

「あおいろ」の　さみしき月に　てらされて
月下美人の　はなびら気取る

隠し事ひとつ

あなたには　言いたいことも　知らぬふり
照れ隠しかな　瑠璃色《るりいろ》の嘘

追風に　萌える想いも　誘《いざな》われ
電話で告げた　初めての「好き」

愛してる？　何度もそれを　確かめた
抱きしめていて　気怠い午後は

淋しくて　夜中の雨に　泣いてみる
ライチの匂い　儚《はかな》い同情……

忘れてた　互いの気持ち　知り過ぎて
考え直す　乱暴な恋

「いけない」と　わかっているのに　切なくて
手馴れていくの「寝るだけ」の人……

変わらないから……

メールにて　取戻したる　時間あり
今更なのに　胸の高鳴り……

あの頃と　変わらぬ店と　珈琲と
貴方の笑顔で　2時間過ごす……

「さよなら」を　はっきり言えない　人だった
あの日と同じ「また会おう」聞く

先に発つ　貴方が忘れた　傘隠し

再会図る　次の土曜日……

月明かり　薄い影曳く　夜過ごす
虫の音ひとつも　吾の悲鳴なり

気持ちって?……

ただ想うだけ

言葉にできなかった……
言ってしまえば簡単なのかもしれないけど　私にはダメ

私のその言葉を　貴方はどんな顔をして聞くのかな?
それさえ怖くて想像もできない

変わらない　あの優しくて温かい眼差しで　静かに聞いて欲しい
貴方の笑顔で　いつものように　そっと　きっと

貴方にとっての「わたし」になりたいと願ってる
もう言い訳なんてできないほど　私のすべての気持ちが貴方だけに向いてる

怖いくらい　貴方が好き……気が狂うほど　貴方が好き……
ただ　どうしようもなく　あなたが　すき

否定

目も耳も　今の私にはいらない……
声にならずに貴方の名前を追う唇さえ　ちょっと悔しい

なんとなく平気で過ごしたのに
今頃になってこんなに溢れるなんて　なんだか悔しいの

ぼんやりペンを持つ手も　貴方への言い訳を綴《つづ》って
痛いほど渇く目を閉じると　いつもの貴方の横顔……

こぼれる涙なんて　疲れた目を癒しただけよ
耳に届く震える声も　きっと私のじゃない

そうよ　私じゃない……

ありがとう

最後は　誰の身代わりでもない私をふってくれたのよね？
貴方は　あの子のように私を想い続けることはないから
せめてほかの子と同じように　私もあなたの思い出にして
貴方が私に誰を重ねたかなんて　もうどうでもいい

愛してくれてありがとう……
ほんとうにありがとう……

いつか貴方が　あの子の身代わりじゃない誰かを愛したら
思い出からも私を消してください……

そっと嘘をついて……

真夏の迷子

待合わせは夕方の改札
密閉された小箱の中で　幾十も重なり合う体温
その不快の中に　私は鎖でつながれてるの

独りぼっちの不安を　コンクリートの柱にもたれて紛らす
一片の言葉もない私に　誰が気付くのかしら……

止まることなく過ぎる往来　パネルの床を打つ靴音
幾オクターブもの調律されない音が　私の鼓動を掻き消す

早く来て！

雑踏の中に薄れる　体温が溶ける　私が消えちゃうよ……

そっと嘘をついて……

神様への手紙は　青色のポストから送るの
苦しい時や悲しい時には
こぼれた涙に哀色の絵具を溶かして
白い鳩の落とした羽根を使って書くの……

神様に会いたくなったら　25時05分発の列車に乗りなさい
チケットは一番後ろの窓際の席を選んで
大きな蒼い薔薇の花束を持っていくの
大切に届けないと　はなびらはすぐに散るのよ……
青色のポストはラビリンスの地図で探して

列車の時間は月明かりの日時計で……
蒼い薔薇のブーケ　忘れないでね

ひとりぼっち

珈琲には決まってこのマグカップを選ぶ
お勧めのオリジナルブレンドが　この部屋を満たして
私の一日が　ゆっくり動き出すの

いまはね　私だって上手に淹れるのよ　このブレンド……
あの頃にはできなかったけど　もう大丈夫
ほらね！　ポットに沸かしたお湯だって　ぴったりでしょ？

色違いのマグカップに　ちょうど一杯分……

イニシャル「S」

そっと　一緒にいてくれるだけでよかった
何も変わらず時間だけが過ぎていく　見慣れたこの部屋で……

貴方が選んだ音楽と　あの日一緒に探した本
それから　私が見つけた紅茶

二人で遅く起きる週末には　短い土曜日をぼんやり過ごして
15分の番組から流れるレシピを　貴方に内緒で試すの

楽しかったよ　貴方との時間はいつもね……

ずっと一緒にいてくれると思ってた
変わらない気持ちと　その笑顔のままで……

あとがき

最初に書きたかったのですが、ここにある作品は一つひとつが一人ひとりの「恋の終わり」です。したがって必ずしもつながりをもっていません。また、私は「恋愛」を詠んだつもりはなく、「恋」を詠んだのだということを付け加えておきます。

恋の終わりを詠むなんて趣味が悪い――。そう感じてしまう人も多いでしょう。それでも私は、恋は終わってしまうからこそ魅力的なのだと思います。

ここに収録された「恋の終わりを詠むなら」では、すべての詩《うた》が「終わってしまった恋」を綴《つづ》っています。ですがそれは、すでに「思い出として整理」されたものであり、決して悲観的な要素のものではありません。誰かとの話の中で何気に振り返る「思い出」としての恋。その終わりの部分を抽出して、いろんなアングルからアプローチしてみたのです。

誰でも一度は経験のある「失恋」というキーワードは、次の恋へ向けてのリセットキーなのだと思います。二人で過ごした時間の何倍も掛けながら、少しずつ上手に思い出にできるといいですね。私の詠む詩は、そんな時にこそ読んで欲しいのです（それがなぜかは、あえて私からは言いません……）。

最後に、本作の出版にご協力頂きました文芸社の皆様、本当に有難うございました。

また、カバーデザインでご協力頂いた奈良淳様ならびに久遠菜々穂を応援してくださる方々へ、この場を借りて心から御礼申し上げます。

そして、この本を手にとってくれたあなたへ……。素敵な恋をしてくださいね！

著者プロフィール

久遠 菜々穂（くおん ななほ）

1974年佐賀県生まれ。

愛知県蒲郡市内の中学を卒業した後、奈良県を中心に3年間日本料理を学ぶ。

その後、今日の情報通信市場の発展を睨み方向転換。

現在はローカルネットワークの管理者を務めながら、インターネットを通じて作詩活動に励んでいる。


恋の終わりを詠むなら……

2004年 5 月15日　初版第 1 刷発行

著　者　久遠 菜々穂
発行者　瓜谷 綱延
発行所　株式会社文芸社
〒160-0022　東京都新宿区新宿1－10－1
電話　03-5369-3060（編集）
03-5369-2299（販売）

印刷所　株式会社平河工業社

ISBN4-8355-7372-2 C0092